AF233306

PAROLES D'UNION

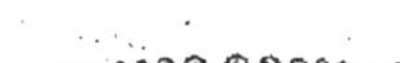

20 Centimes.

PARIS

CHEZ A^{DÉE} V. HUGOT, ÉDITEUR,

10, RUE CHRISTINE;

MAISON DELAUNAY, PALAIS-ROYAL,

ET CHEZ TOUS LES LIBRAIRES ET DÉPOSITAIRES.

1841

PAROLES D'UNION.

Une année vient de s'écouler, féconde en calamités et en désastres. Que celle-ci soit meilleure! et si nous ne pouvons détourner ou combattre les fléaux du ciel, unissons-nous de cœur et d'ame, pour prévenir les maux que nous causons volontairement au pays, pour y ramener la concorde, première condition du bonheur dans la famille. Et sommes-nous autre chose qu'une grande famille?

Je voudrais faire partager à mes concitoyens les convictions dont je suis pénétré. Il me semble qu'il manque un cri de ralliement, une voix qui persuade, une lueur qui guide. A côté de la presse dissolvante qui alimente et entretient les désunions qu'elle a suscitées, je voudrais une presse conciliatrice, s'attachant à réunir ces membres épars, que la faux des partis a divisés, et qui s'agitent et se combattent dans une agonie douloureuse.

Le sophisme nous déborde et nous tue. Nous vivons sous l'empire d'illusions malfaisantes. Nous offrons le déplorable spectacle d'une société qui se calomnie elle-même, et qui emploie à se dénigrer et à se détruire, des facultés, une intelligence et une énergie, qui pourraient faire le bonheur d'une nation et la gloire d'un siècle.

Je consignerai dans ces quelques pages mes sentimens et mes impressions. Ce sont des notes que je livre à de plus habiles. C'est la pensée sans apprêt d'une ame sincère qui cherche le bien. Si je connaissais une forme encore plus simple, je l'emploierais. Quand la phraséologie se met si souvent au service du mensonge, la vérité doit se produire toute nue ; et elle doit convaincre, ou elle ne serait pas la vérité.

Ce qu'il faut rallier, s'il est possible, ce sont toutes les nuances du parti national. C'est une tâche honorable ; il faut la tenter.

Il est un parti qui n'accepte pas la Révolution de Juillet, qui la maudit, qui l'outrage ; un parti qui vante sa nationalité, et qui ne peut émettre un vœu, former une pensée d'avenir au bout de laquelle ne soit l'étranger !

Ce parti exploite nos divisions ; il y puise sa force, ses ressources, son impunité.

Quand la France est une, entraînée par une impulsion vigoureuse et unanime, ce parti n'existe plus ; on le cherche ; on demande où il est ; on ne le trouve plus.

Quand dans la grande famille nationale les divisions apparaissent, ce parti se montre ; quand les divisions grandissent, il devient fort ; quand la France est tiraillée dans tous les sens par la discorde, il est tout-puissant.

Ce parti n'a pas une promesse qui ne soit un leurre ; pas une larme qui ne soit une hypocrisie.

S'il plaint les victimes d'un fléau dévastateur ; s'il enregistre ses ravages ; s'il apporte même ses dons ; au fond de ses regrets, de sa compassion, de ses secours, il y a cette pensée :

C'est parce que la France a eu ses trois jours, que le choléra nous a frappés ;

C'est parce que Charles X est mort a Goritz, que la grêle détruit les moissons ;

C'est parce que Louis-Philippe est roi, que le Rhône déborde !

Je voudrais que ce parti fût abandonné à lui-même ; qu'il ne trouvât plus d'auxiliaires dans les simples et les candides qui se font ses échos.

Je voudrais persuader à l'honnête homme qui dit dans toute la conviction de son cœur : « Il n'y a plus rien en France ; ni croyances, ni religion, ni morale ! » je voudrais lui persuader qu'il se fait l'écho d'un fourbe, pour qui ces paroles veulent dire : « La branche aînée ne règne plus ! »

Ce parti ne peut se rallier.

Il faut l'attaquer par la franchise ;

Il faut le détruire par la lumière ;

Il faut l'étouffer..... par l'union !

PATRIOTISME ET SINCÉRITÉ DU PARTI LÉGITIMISTE.

Ce que la censure défendait de dire aux journaux, en 1827.

Les journaux légitimistes ne cessent de crier à l'abaissement de la France, à son humiliation devant l'étranger, et principalement devant l'Angleterre. Il est bon de voir comment le gouvernement de la Restauration entendait les questions d'indépendance nationale et de liberté à l'intérieur, en 1827, sous le ministère Villèle, et trois années avant notre glorieuse et si nécessaire révolution.

Indépendance vis-à-vis de l'Angleterre.

Une personne qui signait *secrétaire - particulier* de M. Broussais, avait prétendu dans une brochure que c'était le traitement et non le climat, les médecins et non les ministres anglais, qui avaient été la cause de la mort de Napoléon.

LA CENSURE SUPPRIMA DANS TOUS LES JOURNAUX UNE LETTRE DU DOCTEUR ANTOMMARCHI QUI COMBATTAIT CETTE OPINION.

Le général Gourgaud, ce fidèle serviteur de Napoléon, le même qui vient de prendre part à la mission de Sainte-Hélène, si noblement accomplie, avait été outrageusement attaqué dans l'indigne pamphlet en dix volumes de sir Walter Scott, intitulé : *Histoire de Napoléon.*

DÉFENSE FUT FAITE AUX JOURNAUX D'ACCUEILLIR LA RÉPONSE ET LES DÉMENTIS DE L'HONORABLE GÉNÉRAL, SI INDIGNEMENT DIFFAMÉ.

Le général Gourgaud avait adressé de Londres, le 25 août 1818, une lettre à l'impératrice Marie-Louise. La publication de cette lettre était nécessaire à sa justification contre les calomnies de l'écrivain anglais. *Le Courrier Français* la voulut publier. La lettre fut biffée par la censure. Elle contenait le passage suivant :

« Oui, madame, celui que les lois divines et humai-
« nes unissent à vous par les liens les plus sacrés, ce-
« lui que vous avez vu recevoir l'hommage de presque
« tous les souverains de l'Europe, celui sur le sort du-
« quel je vous ai vue répandre tant de larmes lorsqu'il
« s'éloignait de vous, périt de la mort la plus cruelle,
« captif sur un rocher, au milieu des mers, à deux
« mille lieues des objets de ses plus chères affections,
« seul, sans amis, sans parens, sans nouvelles de sa
« femme, de son fils, sans aucune consolation. »

Et aujourd'hui Napoléon dort a x Invalides !... Un fils du roi des Français est allé chercher sa cendre à Sainte-Hélène !... Et les journaux de la Restauration viennent crier à l'abaissement de la France !...

Et ils ont été jusqu'à reprocher à notre gouvernement la parcimonie des hommages qu'il rend à la mémoire de Napoléon !.

Nous nous abstiendrons de tout commentaire.

Liberté électorale.

Il est inutile de rappeler qu'aujourd'hui nos journaux légitimistes demandent la réforme électorale.

Ils ne cessent de proclamer les atteintes portées par le gouvernement de Juillet à l'indépendance des électeurs. Or, il est bon de savoir comment le gouvernement de la restauration entendait la liberté électorale. La censure d'alors le dira :

Défense était faite au *Journal des Débats* d'imprimer l'avis suivant :

« Nous ferons remarquer de nouveau aux électeurs
« en retard que le défaut de production de leurs ti-
« tres ne les dispensera pas d'être appelés à leur tour
« pour le jury, l'administration conservant toujours
« la faculté de les inscrire d'office ; mais leur faux cal-
« cul n'aura qu'un résultat, celui de les empêcher de
« concourir aux prochaines élections. »

« Les premières listes électorales supplémentaires
« du Rhône présentent 238 noms nouveaux. Cepen-
« dant le total des électeurs n'est que de 1380 : il était
« en 1824 de 2131. Si les citoyens refusent d'user de
« leurs droits politiques, seront-ils, par la suite, auto-
« risés à se plaindre de l'administration ? Ceux-là ne
« sont pas dignes d'un gouvernement libéral, qui ne
« veulent pas ou n'osent pas accomplir leurs devoirs
« civiques. »

Supprimé dans le *Journal du Commerce*.

On biffait la phrase suivante dans le *Constitutionnel:*

« Si nous ajoutons foi à des renseignemens qui nous

« parviennent de certains départemens, il en résulte-
« rait que les percepteurs reçoivent des instructions
« orales en opposition avec les circulaires appa-
« rentes. »

Ici encore tout commentaire nous devient impos-
sible. Il est des faits qui parlent plus haut que tous
les discours.

Encouragement au commerce et à l'agriculture.

Le *Journal des Débats*, rendant compte des travaux
du conseil-général de l'Hérault, avait écrit la phrase
suivante :

« Quoique le conseil ne se soit pas dissimulé que
« la situation pénible dans laquelle se trouvent le
« commerce et l'agriculture, tient à une cause géné-
« rale, il a néanmoins exprimé le vœu que le gouver-
« nement ne laissât échapper aucune occasion de re-
« médier, autant qu'il pouvait être en lui, à cette si-
« tuation. »

La phrase fut supprimée.

« Il est bon que nos douanes littéraires ne prohi-
« bent plus à l'entrée les productions étrangères du
« génie, en attendant que d'autres douanes, peut-
« être plus incorrigibles, apprennent aussi la tolé-
« rance. »

Supprimé dans le *Journal du Commerce*.

Le même journal, dans un article sur les produits
chimiques présentés à l'exposition de l'industrie,

avait loué la chimie d'avoir grandi *pendant les orages
de la révolution*. LA PHRASE FUT SUPPRIMÉE !...

Nouvelle biffée dans tous les journaux.

« Le jeune duc de Reichstadt a fait une petite ma-
« ladie dont il commence à se remettre. Son médecin
« le visite chaque jour à Schœnbrun. »

O presse légitimiste de 1841, presse esclave, presse
bâillonnée, presse opprimée , ne peux-tu célébrer
tout à ton aise les faits et gestes de ton préten-
dant?... Les bulletins de Goritz sont-ils interceptés
au passage par ce pouvoir tyrannique que tu insultes
chaque jour?

Séditieuse annonce de libraire, biffée dans tous tous les journaux.

« Le tome 6, 1ʳᵉ partie de *l'Histoire physique, civile
« et morale des environs de Paris*, par **J.-A.** Dulaure,
« vient de paraître chez le libraire Guillaume. Cette
« onzième livraison de l'ouvrage donne la descrip-
« tion des pays entre Seine-et-Marne. L'ouvrage fait
« 7 vol. in-8, du prix de... On souscrit chez..., etc. »

Dulaure était un ancien conventionnel !...

Il était défendu d'annoncer dans les journaux qu'un ouvrage avait été saisi.

« On a saisi hier, à la requête de M. le procureur
« du roi, une brochure intitulée : *Relation des obsè-
« ques de M. Manuel, ancien député de la Vendée.* »

Supprimé dans le *Journal des Débats*.

Hommage aux morts.

La *Gazette de France*, qui veut aujourd'hui le suffrage universel, demandait alors qu'on ne laissât entrer dans les cimetières, à la suite des morts, que la famille et l'*élite* des amis du défunt !

C'était après les funérailles de Manuel !

Le *Journal du Commerce* voulut annoncer cette singulière doctrine de la *Gazette*, par cette phrase, expression simple et inoffensive du fait :

« La *Gazette* demande qu'on n'admette dans l'inté-
« rieur des cimetières que la famille et l'*élite* des amis
« du défunt. »

La censure biffa.

Il était défendu de dire qu'un exilé politique peut et doit aimer son pays.

« L'ami réel de son pays ne saurait le perdre de
« vue de la terre étrangère où les événemens l'ont
« poussé ; et quoiqu'exilé de sa patrie, son dernier
« regard doit se tourner vers elle. »

Supprimé dans *le Constitutionnel*.

Arrêtons-nous !...

Et les journaux légitimistes osent dire que nous n'avons pas la liberté de la presse!...

Que d'autres le disent!... Eux, non!

Ils n'en ont pas le droit.

Tout esprit judicieux et honnête en conviendra.

M. de Salvandy qui, dans ses lettres du *Camp de*

Saint-Omer (1827), eut l'heureuse idée de réunir les *Rognures des journaux,* pour donner, dans de spirituelles brochures, un asile à la pensée, et constater la situation du moment, ne prévoyait pas peut-être tout le grand et fécond enseignement qu'on pourrait tirer un jour de ces curieux documens.

* * *

Assez d'autres enseignent à haïr notre époque, notre société; moi, je voudrais apprendre à aimer le temps où nous sommes.

Dégager la vérité des sophismes qui l'obscurcissent; faire la part du bien et du mal, mais s'attacher au bien de préférence; signaler le progrès intellectuel et social, et les mérites méconnus du temps présent; ce serait une œuvre de courage, bonne à entreprendre et à poursuivre.

* * *

BASES SUR LESQUELLES PEUT S'OPÉRER LA RÉCONCILIATION DES PARTIS.

Ce qu'il faut persuader au pays.

La France n'est ni humiliée ni abaissée; elle doit le rang qu'elle occupe à sa haute influence libérale et civilisatrice; à sa position territoriale et maritime; à sa population industrielle, agricole et guerrière; à sa double armée, armée de soldats et de citoyens; à ses arsenaux, à ses flottes, à ses ateliers; aux travaux de ses savans, de ses littérateurs, de ses artistes, et aux discussions de ses tribunes législatives, tant décriées par quelques partisans honteux du régime absolu. Elle ne peut déchoir du rang qu'elle occupe que le jour où elle cessera de donner au monde le grand spectacle du développement pacifique de ses forces matérielles et morales, et du jeu régulier de ses institutions.

Une bataille perdue dans les luttes de la diplomatie n'est pas un échec pour l'honneur national; l'erreur d'un homme d'état ne peut amoindrir ce qui a été fait grand par les siècles.

La grandeur du pays ressort par les fautes mêmes de ses gouvernans : la France est exclue par eux d'un traité auquel elle pouvait concourir. Qu'arrive-t-il? Son absence est une commotion pour l'Europe; son inaction est une secousse pour le monde entier.

La susceptibilité nationale est une chose généreuse et sainte qu'il faut entretenir et respecter; mais il ne faut pas que les passions et les intérêts des partis l'exploitent et l'égarent, comme nous le voyons aujourd'hui.

N'en citons qu'un exemple :

A en croire quelques journaux, la nation française était insultée à Londres dans une pièce intitulée : *Le Coq gaulois chante et ne se bat pas.* Un journal (carliste) est allé jusqu'à donner l'analyse de cette pièce anglaise, avec le détail des principales scènes. Comment douter? comment ne pas s'indigner ?

Or, voici que de Londres arrive le démenti positif du fait : la pièce n'existe pas; elle n'a jamais existé; et si elle existait, les organes du ministère anglais affirment que le gouvernement britannique n'en autoriserait pas la représentation.

Qu'arrive-t-il au contraire? Nous apprenons que

plusieurs gouvernemens d'Allemagne viennent de défendre la célèbre chanson de Becker, qui a pour refrain : *Non, les Français n'auront pas le Rhin Germanique !* Que dirait-on en France si le gouvernement empêchait de chanter une chanson ayant pour refrain : *Non, les Allemands n'auront pas l'Alsace !*... On crierait à la trahison.

Le devoir de tout bon citoyen est de chercher à persuader au pays que notre gouvernement est national ; et que, s'il ne peut satisfaire à tous les vœux légitimes d'un patriotisme éclairé et d'un nationalisme véritable, c'est que son existence est sans cesse mise en question ; c'est qu'il ne peut distinguer toujours entre tant de vœux exprimés par des organes si diversement inspirés, la voix des partis ou celle du pays ; c'est que pour beaucoup le mot *patriotisme* signifie : changement de dynastie et appel à l'étranger ; c'est que pour d'autres le mot *guerre* veut dire bouleversemens, et le mot *réforme*, révolution.

Ce qu'il faut persuader au pouvoir.

A côté de ceux qui veulent la guerre pour la guerre et pour les déchiremens qu'elle amène, il y a ceux qui veulent la paix avec la dignité et la grandeur, et qui ne reculeraient pas devant la guerre pour que le pays fût respecté.

La *propagande* du sabre n'est plus de notre époque, et il est bon de la répudier ; mais la *propagande* de la pensée, la *propagande* des idées régénératrices qui se rattachent à notre drapeau, est une force immense ; et le pays qui la possède, peut parler haut.

La France ne doit vouloir rien d'injuste ; mais elle

serait plutôt en position d'*imposer* la paix que de la *subir*.

Chaque fois qu'il le pourra sans danger pour la paix publique, le pouvoir doit se rapprocher du principe d'où il émane, et s'appuyer sur les forces populaires qui l'ont élevé.

Il doit s'attacher à moraliser les masses de plus en plus, et à les éclairer sur leurs intérêts véritables, sans souffrir qu'on les irrite jamais par un langage injuste et provoquant.

Il ne devrait jamais permettre à ses organes de supposer le désir du *pillage* aux classes pauvres, qui ont fait preuve d'un si admirable désintéressement.

Il est des attaques qui empêchent toute réconciliation, et le pouvoir ne doit point se faire d'ennemis irréconciliables.

Il doit placer au rang de ses plus impérieux devoirs l'amélioration du sort du plus grand nombre.

Dans les vœux, dans les actes même du parti radical, les plus incompatibles avec sa propre existence, il doit reconnaître quelquefois des instincts généreux que l'on pervertit, que l'on égare, et chercher à les rallier à lui, pour s'en faire une force contre les ennemis du dedans et contre ceux du dehors.

Il peut se dire *conservateur*, mais conservateur d'une *révolution* qu'il doit maintenir, féconder, poursuivre et développer dans toutes ses conséquences nécessaires, et qui, à ces conditions, le maintiendra et lui prêtera de son côté force et secours.

Il doit *appeler à lui* tous ceux qui *veulent de lui*; il doit leur permettre tous les vœux, toutes les remontrances, tous les actes même d'une opposition régulière et pacifique. Toute opposition nationale, qui voudra *sincèrement* le maintien et le perfectionnement de ce qui existe, il doit l'écouter sans défiance ; bien plus, il peut s'appuyer sur elle, afin d'éteindre les autres, négatives de son principe et de son droit.

Il doit chercher à réaliser ces deux grands faits :

Un gouvernement populaire ;
Une opposition conservatrice.

LA LITTÉRATURE DOIT CONTRIBUER A L'ŒUVRE D'UNION.

Quand le mouvement de Juillet arriva, une grande et complète révolution dans les faits s'opérait soudainement dans une société travaillée depuis six ans par une réaction prétendue morale et religieuse, et par un essai de restauration féodale dans les esprits.

Le romantisme n'avait pas été seulement une révolution dans la langue et dans les mots. Mais ce fut une tentative de révolution dans les idées et dans les principes ; ce fut une restauration du passé dans les intelligences.

La devise des écrivains romantiques ne fut pas l'*autel* et le *trône*, comme celle des ultrà-royalistes de cette époque ; mais l'*hôtel* et l'*autel*, devise plus dangereuse, plus anti-sociale peut-être, car la royauté a fait quelquefois alliance avec le peuple ; elle a fait souvent à l'aristocratie de profondes et incurables blessures.

1830, et sa révolution glorieuse, vint se jeter à travers l'œuvre de réaction littéraire. La littérature de-

vait se mettre dès-lors au service de la démocratie;
mais celle-ci n'eut malheureusement pour interprètes
et pour organes que d'inintelligens amis ou de trop
habiles ennemis : ou le but ne fut pas atteint, ou il
fut dépassé.

Un homme d'un grand talent et d'une popularité
incontestable, M. Victor Hugo, dans son drame de
Triboulet, immola la royauté, non pas à la démocratie
raisonnable et juste, mais à la démocratie furieuse et
insensée.

Les émeutes du théâtre firent autant de tort au progrès littéraire que les émeutes de la rue au progrès
social et politique.

Au surplus, le romantisme a toujours attaqué et
insulté la royauté, non pas au profit du peuple, mais
au profit de l'aristocratie et du clergé. Il a recom-
mencé la guerre des grands vassaux; il a voulu ven-
ger le coup de massue donné à la noblesse par
Richelieu.

La grande littérature française a toujours été démocratique; elle a toujours servi les instincts, les
vœux et les intérêts populaires. Voyez Fénelon, Ra-
cine, Bossuet lui-même ! Quoi de plus démocratique
que Molière, Lafontaine, Pascal? de plus républicain
que Corneille?

Aujourd'hui, la mission de la littérature et du
théâtre ne doit pas être, comme au dix-huitième siècle, d'exalter et d'exaspérer la démocratie, mais de
rallier ses forces, de l'éclairer, et de lui montrer ce
qu'elle peut attendre encore de la royauté, qui, de
son côté, ne peut rien sans elle. Il faut donc que
toutes les forces intellectuelles et morales de la société

se dirigent vers le même but : défendre le présent co[n]
tre les envahissemens du passé, qui n'a voulu fai[re]
invasion dans les intelligences, que pour faire inv[a]
sion dans les faits.

Que la littérature continue donc cette mission g[é]
néreuse et sainte, à laquelle se rattachent ses pl[us]
beaux souvenirs. Qu'elle défende les grands intér[êts]
populaires et la royauté, qui en est la gardienne et [le]
dépositaire, la royauté démocratique, qui convien[t à]
nos mœurs et à notre société nouvelle. Mais qu'[en]
échange elle reçoive du pouvoir une impulsion v[i]
goureuse, un appui efficace, une direction ferme [et]
bienfaisante. Une administration forte et éclairée d[es]
lettres françaises serait une des nécessités de not[re]
temps, et une des meilleures garanties de la paix p[u]
blique et du progrès social.